金魚の泡《あぶく》

岩村裕美短編集

岩村 裕美

文芸社

金魚の泡《あぶく》もくじ

かくれんぼ

私には淋しくて、明るい入院生活の思い出がある。

小学四年生の秋から冬の入り口にかけての約一カ月間だ。小児喘息を患い、風邪が悪化して発作を起こしての入院だった。咳ばかり出て、喉と胸がひどく苦しかった記憶がある。町医者に紹介された入院先は山の中にあった。都会の汚染された空気が何よりもこの病気に悪いという診断の元、それはそれは酸素がめいっぱいの山奥での入院生活を余儀なくされた。

その時の私にはまだ小さな弟がいたし、入院先の病院は家から離れていることもあって、母は付き添いどころか、週に二、三回たまった洗濯物を取りに訪れるだけだった。母はこの時とばかりに難しい文学書や問題集なんかを置いていったが、そんなのはやたらと長い入院生活の、ちょっとの暇潰しにもならなかった。

病室にはテレビもなく、白い壁には何の情報もメッセージもなく、南側の窓からは眠たくなるような風景が見えるだけだった。親しくなれるような子もいなかった。同室の子はふたりいたけれど、ひとりは中学生で、もうひとりは幼稚園児で、どちらも早くに退院して行ってしまった。看護婦さんは優しかったが、毎日が退屈だった。退屈で退屈で仕方なかった。それに、どこを歩いても病院の中は消毒アルコールの匂いが充満していて、息苦しい感じがした。そんな入院生活に光明が射し込んだのは、同室の中学生の女の子が退院して去って行った、翌日か翌々日のことだったと思う。

「今日は顔色がいいね、亜季ちゃん。うん、熱もないし、お食事も残さず食べたし。偉いぞ」

検診に来たお気に入りの看護婦さんは私を見て優しくほほえんだ。

「そうだ。今日はお天気もいいし、中庭で日光浴でもしたらいいんじゃない？　先生には言っておいてあげるから」

それはそれは嬉しい申し出だった。

「いいの？」

「うん。カーディガンをはおって行っておいで」

「うん」

中庭は私のいる小児病棟と一般の大人が入院している病棟の間にあった。そこは狭かったけれど、銀杏の木や金木犀に囲まれ、コスモスやアザミの花が咲く広場になっており、木のベンチやスベリ台、ブランコもある自然公園といった趣のある空間だった。

私はいさんで中庭に向かった。外靴に履き替え、中庭に下り立つと一面金木犀の匂いだった。実際に間近に見ると、金木犀の木は想像していたよりも大きく、見上げると金木犀のちっちゃな橙の花の間に、ちろちろと青空が映っていた。

コスモスの花をちぎり、一枚一枚飛ばしながら歩いていると、三本先の金木犀の木の根元に座っている人を見つけた。患者さんということはひと目でわかった。パジャマのズボンを履いていたからだ。私は気づかれないように後ろからそっと近づいていった。そっと、そっと……。

「つくしょん！」

「ワッ」

その人が急にくしゃみをしたので、驚いてつい声をあげてしまった。

「誰だい？」

男の人の声だった。その人はゆっくりと振り返る。少し禿げあがった広い額に、薄い前髪がかかり、その下には細くて垂れた目があった。顔色があまりよくないせいか、全体的に淡い印象を受けた。

その人は私を確かめると、細い目を一層細めて笑った。日射しを背中に浴びて、その人を日光の光が縁取っていた。

「金木犀の匂いは好きかい？」

不意に問われて、首を横に振ってしまった。決して嫌いな匂いではなかったのに。私は知らない人をすぐには受け入れることができない子どもだった。

「僕は好きだよ。いや、やっぱり嫌いだ。毎年、この時期になると決まって香りだすんだ。そんなのは嫌だな。いい匂いだけど、そんなのは嫌だ」

私は子どもに対してそんなふうに自分の意見を真摯に述べる大人を見たことがなかった。でも、それは自分を対等と認めてくれているように思え、

「おじちゃん、あっちならあんまり匂いしないよ」

と、誘ってしまった。

「よし。行こう」

その人は、そう言って立ち上がった。ちょうど私の視線の高さにその人の肉付きの薄い掌があった。血管が浮かび、白くて儚そうなのに、大きなその手は頼りがいのあるしっかりとした大人の人の手だった。銀杏の木の下には黄色の葉が敷き詰められていた。

「黄色は好きかい?」

その人の二度目の質問に私は、

「うん、大好きよ」

と答えていた。

それから体調は悪くなることはなく、回復に向かっていったので、晴れた日は中庭の散策を許された。その男の人は中村さんという人で、中村さんとは三度に一度はそこで会っ

た。中村さんを探すならたぬき石だ。たぬき石とは雪だるまのような形をした大きな石のことで、中村さんがそう名前をつけたのだ。「ここなら金木犀の匂いも届かないし、寄りかかれるし、空もよく見える」と言って大抵はそこにいた。私たちは仲良しになった。中村さんは私を脅かしたりはしなかったし、幼稚な話も、いつもにこやかに聞いてくれた。大人の目で私を注意したり、叱ったりしたことはなく、それどころか、自分から進んで、おままごとをしようと誘ってきたが、それは丁重にお断りした。

「見て見て、この石きれいだよ。ツルツルしてまん丸なの」

「よし、僕も見つけるぞ。もっと、たくさん拾い集めようよ」

中庭にはふたりの興味を引くものが無限にあった。蜘蛛やコオロギ、桔梗やなでしこの花、石やひかる砂の粒、落ち葉やどんぐり、木の屑。ベンチに座れば、おしゃべりをして、時には空を流れる雲を飽くことなく見た。それから、かけっこや鬼ごっこも楽しかった。

「本当に元気になったのねぇ、亜季ったら。この分だと退院も早まるわねぇ」

お母さんがコップにお茶を注ぎながら言った。

「ええ、やだよぉ。私、まだここにいたいよぉ」

「あら、おうちに帰りたくないの？　淋しくないの？　変な子ね」

ずっと、ここにいる気がしていた。この生活が期間限定のものであることを、私はすっかり忘れていた。

その日、私たちはたぬき石に窮屈によりかかっていた。私の左腕と中村さんの右腕がぴったりとくっついていた。中村さんは病院の匂い。きっと、私も病院の匂いがしてる。

「中村さんは、いつ退院するの？　いつ、おうちに戻るの？」

中村さんは、ううんと小さくうなった。

「いつになるかなぁ？　できれば今日明日にでも家に戻りたいよ」

「そんなのずるいよ！」

私は哀しかった。

中村さんはここが楽しくないの？　中村さんは私と会えなくなってもいいの？　私と離れちゃってもいいの？

そう言いたかったのに悔しくて涙ばかりが出てきた。涙目で見る中村さんは困った顔をしていた。

「亜季ちゃん。今日も中庭には行かないの？　あんなに楽しそうに出かけていたのに」

「うん」

私は昨日、中庭の散策をさぼってしまった。泣き顔を見られて、中村さんに会うのがなんだか気まづく思えたのだ。看護婦さんは体温計を読みながら「今日も平熱ね」と言ってほほえんだ。

「そろそろ、退院かな」

不意に心にピューッと秋の風が吹く。広い中庭の風景が心に映った。そこは誰もいなくて、風もなくて、時間がぴたっと止まっているようだった。そして一気に、中村さんに会いたい！　会いたい！　会いたい！　という想いに襲われた。

「看護婦さん、私、中庭に行ってくる」

看護婦さんは少し目を大きくして、もう駆け出していた私に向かい、

「寒くなったら帰ってくるのよ」

と言った。


待ち合わせは、たぬき石。

中村さんは目を閉じて、たぬき石のお腹の部分にもたれていた。私は中村さんの頭のてっぺんを見下ろした。細い髪は弱い風にも流されている。きっと、ここも禿げちゃうんだろうなぁ、と思ったら愛しくなってしまった。そっと手を伸ばして髪に触れる。それは予想どおりに柔らかく、温かい。心地いい。大好き。それを撫でようとしたとき、中村さんはピクッと小さく痙攣した。

「亜季ちゃん……」

中村さんは私を見上げて、息をはいた。

「今、夢を見ていたよ。起きようとしても起きられない夢なんだ。夢の中で夢を見たりして、どうしても目が覚めなくて怖い夢だった」

「怖い夢を見て、そんな泣きそうな顔をしているなんて子どもみたいだよ」

「うん。でも亜季ちゃんが起こしてくれたから、もう平気だ。こんな所で寝ていたから、腰が痛いや。少し動こう。かけっこしようか？　色鬼でもいいな。でも、今日は少し趣向を変えて、かくれんぼをしようよ」

「いいけど、鬼は中村さんよ。百数えてから探してね。もういいよぉって言わないから。声でどこにいるかばれたらつまらないもん。ちゃんと声に出して百を数えてね」

よし、と中村さんは答え、たぬき石に肘をついて目をつむり、数を数えだした。イーチ、ニー、サーン、シィ……。私はその声を聞きながら駆け出した。どこに隠れようか。あんまり隠れるような所もないなぁ、と隠れ場所を探しているうちに、中村さんは五十を数え、六十を数えている。ここにしよう、と見つけた場所は、木でできたゴミ箱の後ろだった。中村さんの声が遠くに聞こえる。ハチジュウシ、ハチジュウゴ……。静かな秋の呼吸と中村さんの声が聞こえて、しかも病院がすぐそばにあるなんて、最高に安心できる場所だなぁ。キュウジュウサン、キュウジュウシ……。私は息をひそめた。気配まで消そうとすると、まるで金木犀の精にでもなったような気がした。頭の中で、私は黄色の衣装をまとい、トゥシューズを履いて、金木犀の花の中にいた。ステッキを持って橙色の魔法を降らせている。目を閉じて空想の世界にすっかりふけってしまっていた。

気がつくと、やけに静かだった。どれくらい経ったのだろう。百を数える中村さんの声は聞き逃してしまったけれど、あれからずいぶん時間が経っているはずだ。おかしい、と思ったのは、人のいる気配が全く感じられなかったからだ。太陽に雲、木々も花もベンチも、風景は何ひとつ変わっていないのに、ここには私ひとりしかいないことがわかった。

中村さんは、どこに行ってしまったのだろう？　私を探しに遠くまで行ってしまったの？　決して見つけにくい場所でもないのに。

「中村さん！」

私は叫んでいた。だけども私の声は、静かな秋の風景に吸い込まれてしまう。届かない。

「中村さん！　どこぉ？」

半ベソをかいていた。叫んでも叫んでも空回り。私は中村さんを懸命に探した。どこにいるの？　これでは、私が鬼の役みたいだ。中庭を隅々まで探した。やがて、日が傾いて、茂みの奥の虫の声が夕方の刻を知らせていた。

中村さん……。結局、中村さんは見つからなかった。冷たい風が心細さを助長する。私はとぼとぼと病室に戻った。看護婦さんが苦い顔で待ち受けていた。

「こんなに遅くまでは契約違反だぞ。ほら、顔が赤いよ。早く、休みなさい」

確かに、熱っぽい気がした。頭がふわふわと頼りなく、目を閉じると瞼の裏が熱かった。微熱が続いた。思考がまとまらず、歪んで膨らんで、頼りなかった。

その中に時々中庭の風景が現れる。中村さんが私を探してる。探し疲れて、あきらめて、帰ってしまう。私はここにいるのに。見つけてよ。咳が出て喉と胸が痛い。ヒューヒューという呼吸が苦しい。頭が重い。繰り返される映像に疲れてしまった。そして、そんなうつろな頭では、時間がスローモーションで流れたり、ハイスピードで流れたりして過ぎてゆき、いつの間にか、外は冬を迎えようとしていた。結局、その後、中庭に行くことは許されず、病室で絶対安静を強いられたため、熱は下がり、咳も治まっていった。いつもの看護婦さんが手作りの指人形をくれた。お別れのしるしに、と言って微笑んだ。

「ありがとう」

「お世話になりました」

お母さんが私の手を引いて看護婦さんに頭を下げた。そうして、私の入院生活は終わりを告げたのだった。


看護婦になったのは特に理由はなかった。

高校を卒業し、さて何の職業に就こうと考えたとき、看護婦さんとか保母さんとか美容師ぐらいしか思い浮かばなくて、その中なら、何となく親しみ深い看護婦かなぁ、と思って看護学校に入った。そうして、就職活動の際に偶然見つけたこの病院にうまいこと勤めることができた。病院はアルコール消毒の匂い。

　中庭は十年前と何も変わっていない。ほら、黄色く紅葉した木々が青空に届いてる。窓越しのその風景は暖かな室内からはとても穏やかに落ち着いて見えるけれど、外は寒さが厳しいに違いない。その温度差さえ忘れてはいない。ここが、こんなにも変わらないから一気に記憶が溢れ出た。

「ちいちゃん、お食事ちゃんと食べましたか？」

　ピンクのパジャマのちいちゃんは、真っ赤な顔をパンパンに膨らまして、コクンと頷いた。

「食べたよ。もう、ちかは元気になったから、おうちに帰ってもいい？」

「早くおうちに帰りたい？　じゃあ、お薬飲もうね」

　私は、あの時の看護婦さんのように優しい看護婦さんになれているだろうか？　この子にとって、ちゃんと看護婦しているかな？

　どうか、あの日の看護婦さんのようでありたい。それが看護婦としての私の目標だった。ピンクのパジャマの女の子が昔の私と重なる。

「今度、一緒に中庭を散歩しようね」

看護婦というのは、走る仕事だ。患者の時分は気づかなかったけれど、常にアンテナを伸ばして患者さんの状態を把握していなければならない。ミスのないように気を張って、合間を見計らって息抜きをしなくちゃいけない。ずっと、頑張りすぎていると、緊張が患者さんに伝わってしまう。

佐藤さん、と呼ばれて振り返ると、眼鏡のおばさんがいた。婦長だ。

「悪いんだけど、隣の病棟にこれ持って行ってくれない？　黒田先生に渡しておいて」

そう言って、書類の束を手渡してきた。ドサッという重みが肩に効く。雑用係かい、と心の中で悪態をつく。新米だし、仕方ないけれど。

隣の病棟とは、中庭の向こうの一般病棟のことだ。いったん外に出て、中庭を突っ切っても結構な距離だ。新米だから、頑張ろう！　と意気込む。

中庭はやっぱり金木犀の匂い。春に就職してから、秋になったら匂うんだろうなぁと覚悟はしていたけれど、こうして吸い込む空気の中に、金木犀の匂いが濃く漂っていると、金木犀を食べているようで気持ちが悪くなる。

あの中村さんは、毎年変わらずに香ってくるこの匂いが嫌いだと言っていた。忘れようとしても忘れさせてくれないものを忌み嫌うように、眉間にしわを寄せて。いい匂いなのに嫌われてしまう金木犀。可哀想だな。

一般病棟は小児病等に比べ、シンプルな病院だった。壁には病気や健康管理のポスターと医療費のお知らせが貼ってあり、ナースステーションには一輪挿しの花瓶にコスモスが生けてある。

「おはようございます。黒田先生にお届け物です」

ごくろうさまぁ、そこ置いといてぇ、と顔も上げずに若い看護婦が告げる。いいんだけどね、新米だから。

それにしても、ここの患者さんはみな一様に所在なげな目をしている。よれたパジャマが疲れを吸って、だるそうにしている。病気のせいじゃなくて、きっと、入院生活に疲れているんだ。そんな人々の疲れが幾重にもなって、足元の空気を重くしている。小児病棟はこんなじゃないのに……。あちらは、未来への明るさが拓かれている。若い活気が病気に勝っているからかもしれない。ここは何だか気が滅入りそうになる。

早く戻ろう。そう思って、廊下を足早に歩いていたら、ふと病室の前に掛かっている患者さんのネームプレートが目に入った。『中村ひろし』。中村？　いやいや、中村さんなんてそこらじゅうにいるしな。

でも……。気になって、そっと中を覗く。病室には午後の日射しが斜めに差して、ちょうど枕もとを日向にしている。その光のせいで寝ている患者さんの髪が茶色く透きとおって見えた。まさかねぇ、と思いつつも病室に侵入した。そうして、ベッドの上から覗き込む。

「！」

絶句……。まさか、まさか、まさか。まさか、と信じたかったけれど、間違いなくあの中村さんだ。毛布からはみ出している見覚えのある手で確信した。

「すみませんっ」

私は、ナースステーションに舞い戻った。

「さん、まるろ、く号室の、中村さんって、いつから、入院、してるん、ですか？」

走ったので息が切れて仕方なかった。髪が乱れ、驚きの形相を貼り付けている私の顔を見て、先ほどの看護婦は眉間にしわを寄せ、そして吐き捨てるように言った。

「一週間前よ」

それがどうかした？　と言わんばかりに睨んでくる。

「嘘よっ」

「嘘なんかつかないわよ。早く戻りなさい」

嘘だ。嘘だ。それでは辻褄が合わない。中村さんは十年前から入院していなければ。でも、これ以上の情報は聞き出せそうにない。看護婦はその顔に苛立ちをあらわにしていた。

三〇六号室に入る。確かに、あれから十年も経っているようには思えなかった。中村さんはあの時のまま何も変わっちゃいない。禿げ具合も同じ。手も同じ。こんな不思議なことがあるだろうか？　こんなことってあるの？　でも本人だった。

それから、私は何度かここを訪れた。金木犀の小さな花をそっと中村さんの枕もとに置いた。どうにかして得た情報によると、中村さんは、一週間前に脳梗塞で倒れ、そのまま意識が戻らないのだという。意外にも、二十四歳の若さだった中村さんは今も結婚しておらず、さらに親戚らしい親戚もないらしくて、見舞い客はほとんどなかった。こんな不思議な出来事に、はじめ混乱していた私の頭は、今は、なぜか落ち着いていた。なんだか中村さんの寝顔を見ていると聞こえてくる気がするのだ。

『これはふたりの秘密だよ』

私は十一の子どもに戻って、その声を聞いた。そして、心の中で話し掛けた。

『今日ね、たぬき石のそばで、きれいな石を見つけたよ』

『よかったね』

中村さんの手をそっと握る。温かく乾いた手。大人の人の手。

「看護婦さん。昨日ね、ちかね、中庭で妖精を見たよ。金木犀の花の中にいたの。黄色の服を着ていたの」

赤いほっぺの女の子は一層顔を赤らめながら、興奮して告げる。

「そう。あの中庭には魔法があるのねぇ」

そう言うと、女の子は目を輝かせた。

「そうよ。魔法なんだ。すごいね、看護婦さん……」

「そうね。すごいね」

窓の外を見る。金木犀と銀杏の黄色が見える。じっと見ているとその黄色の中に吸い込まれて、自分が小さくなっていくように思えた。

魔法がかかっている。


中村さん……。起きないの？　起きて。私を見てよ。何度も心で呼び掛けてみたが中村さんはちっとも動かない。夢の中に閉じ込められているんだ。今日もまた、橙色の小さな花を置く。ラベンダーの香りで時をかける少女がいたなら、中村さんは、金木犀の香りで時をかける青年なのかもしれない……。

「そろそろ、戻るね。バイバイ」

毛布から出ている手をそっと中に入れた。穏やかな寝顔をもう一度見て、三〇六号室を後にした。そしてナースステーションの前を横切ったとき、ひとりの看護婦が血相を変えて、飛び出してきた。

「どうしたんですか？」

「三〇六号室の中村さんの容態がおかしいのよ」

看護婦はそう言って、駆け出す。私も後から駆け出した。病室には主治医の先生と何人かの看護婦が中村さんを囲っていた。さっきまで静かに眠っていた中村さんが、今にも死を匂わせているというの？　信じられない。私は看護婦たちの間に割って入った。ちょっと、何するの、と押された看護婦が言う。

「中村さん、死なないで。起きて、起きてよぉ」

涙が溢れて、幾つも幾つも雫になって落ちた。

『ずるいよ。こんなふうに再会したのに、私を見ないで、何も言わないでこのまま死んじゃうの？　ずるいよ』

「ちょっと、佐藤さん、どいて」

その時だった。

ふわぁっと金木犀の匂いが病室に広がった。誰もみなが鼻を疑った。その中で、ゆっくりと中村さんが目を開けた。その目は最期に私をしっかりと捉えていた。

『中村さん、やっと起きたのね。夢の中から覚めてよかったね』

幾筋も涙が頬を伝う。中村さんはそんな私の涙を拭おうとするかのように震える手を私の顔に伸ばしてきた。そして、あの時と同じように細い目をさらに細めて、か細くだけど言った。

「亜季ちゃん、見ぃつけた……」

金木犀の香りが薄くなっていく。魔法が消えていく。十年前のかくれんぼ。やっと、やっと見つけてくれたのに。また、いなくなっちゃうの？　でも……。

「でも……。いいよ。許すよ。だって、中村さん、笑ってる。私を見つけるまで頑張ってくれたんだもんね」

窓の外には、あの日と同じ淡い秋の風景が変わらずにあった。

にちにち草の日々

問題集を閉じて、背伸びをする。時計を見れば午後十時を少し回ったところだ。扇風機がブーンと低い音をたてて回転している。開放してあった南側の窓から、屋根の上に下り立つと、満天の星空の中にまるい月がぽっかりとあった。硬いトタン屋根の上に寝転ぶと広がる宇宙だけが映る。なんだか、心の底にたまっていた、もやりとした想いが天に昇っていくみたい。夜空は、こんなにも心を昇華していくんだ。ふいにひらめいて、私は急いで部屋に戻り、机の引き出しから一冊のノートを取り出した。そして頭に浮かんだフレーズをすぐさま書き写す。忘れてしまわないうちに。

『夜のなかで』

シャガールの青みたいな夜空に
キスチョコの銀の粒みたいな星が瞬き
バタークッキーみたいなまん丸お月様が

高くて遠いところにいる
澄んだ空気の中に黒々とした緑たちが
しっとりと穏やかに佇んでいる
こんな私の好きな夜の在り方の中では
素直でいたい
やさしくなりたいって思うよ

「うん」
満足、満足とペンを置いた。私は詩を作ることが日課となっていて、このノートはマイポエム集なのだ。誰にも秘密のマイポエム集なのです。

学校の下駄箱。学校での一日はここで始まってここで終わる。『おはよう』が始まりの挨拶で『ばいばーい』が終わりの挨拶だ。だけど、知った顔に会っても、互いに素通りする場合がある。目が合っても素知らぬふり。同じ教室のクラスメートなのに、仲が悪いわけでもないのに「ワタシとアナタはチガウ。だから挨拶なんか交わさない」そんなルールがここにはあるらしい。

『イン　スクール』

ここではルールを守っていれば
まぁまぁ上手くいく
グループがあって　どこかに所属して
噂話に興じて笑ったりしていればいい

きっと
みんな心に同じベクトルを宿している
だったら　おとなしい子も元気な子も
誰ひとりとして蔑むことなんて出来ないのに
どうしてなんだろう
おはようを交わす子がいる
交わさない子がいる
こんなことばかりが社会ならくだらない
これが社会なら嫌だな

私は強気なくせに小心者で、被害妄想の強い性格の持ち主で、人知れずなかなかの曲者だった。トイレの後、鏡をのぞくと、そこには、その性格をそのまんま写しとったかのような、かわい気のない私がいて、落ち込んだ。隣で手を洗っているかわいらしい女の子。私はそっとため息をついた。

『コンプレックス』

自分の顔キライ
だから鏡も写真もキライ
スタイル悪いからって
好きな服も着られない
それだけで
あきらめたものいっぱいある
それだけで

心隠しておどけてみせたこと
いっぱい　いっぱいある
流した涙は海だし
心に刺さった刃は思い返すたび新鮮に痛い
もっと　きれいだったら
もっと　かわいかったら
そうしたら
きっと叶う夢が当たり前にあるんだろうな

「あれー、祐美が消えたよぉ」

友人が私を探している。私は体育館倉庫のマットが積まれている隙間にいた。体育の授業は自習で、みんな、それぞれにバスケットやバドミントンをしたり、ステージの上でお喋りに興じていた。私は誰にも気づかれないように、ひとり、この狭い空間の中にいた。ここは隔離部屋のように窓一つない。まるで大きな箱のようだ。壁一枚はさんでボールが跳ねる音やみんなの声が、波の音のように穏やかにざわめいている。

『箱』

箱の中は安らぎの
閉ざされた空間は私だけの

外から聞こえる喧騒は
私を脅かすことのない子守唄
安心ボックスの中に逃げこんで
外界の音をＢＧＭとして目を閉じる
そうすると　やがて良い眠りが訪れる

でも
夢はいつか覚めるもの
起きなくてはいけない時が必ずくる
私もソノタオオゼイの一員として
今度は私が誰かの子守唄となる

外の音は空事じゃない
だから
動かなきゃ、始めなきゃ
そのエネルギー補充のための
愛しい私の箱

放課後、私は図書館にいた。受験生は寝ても覚めても、ひたすらに、お勉強あるのみなのです。

「時々、全部投げ出したくなる」

斜め向かいで、歴史の参考書を開いていた美紀子が呟いて、「あーあ」と大きくため息をついた。美紀子は最近この「あーあ」が口癖。「あーあ」には深い疲労感がこもっている。

そういえばこの間、中学三年生の男子が受験ノイローゼで、放火したというニュースを見た。

「受験なんて、誰しもが通る道なのに、そんなことに押し潰されるなんて弱いな」誰かがそんなことを言っていた。

誰しもが通る道。それは受験に限らず、きっといろんなところで待ち受けている試練に違いない。ここにいる同じ制服を着た、同じような顔をした人たちみんなに同じように与えられる苦しみ。

『星の数とも砂の数とも』

見渡す限り人はたくさんいて
みんな　それぞれの道
それぞれの人生のはずだけど
たくさんの人の中では
人ひとりはちっぽけに思われちゃうね
悩んで苦しくて泣いたことも
とっておきの嬉しい出来事もそっちのけ
脇役にしかなれないって
みんな悟っているのかもしれない
たくさんあるということは

いっこの価値が下がるということ？
たくさんあることが低価値なら
人ひとりにこんなに苦しい思いさせないで
こころばかり膨れさせないで
感情すら分散してくれたなら
もっと楽チンなのに
どうせこんなにたくさん人がいるのなら
人ひとりに過剰な苦しみ与えないでほしい

「あー、もぅこんな時間だ。帰ろう」

「うん、帰ろう」

西の空が橙色だ。太陽が雲をおいしそうなきつね色に焼いている。きれいだな。でも、知ってるよ。この風景はとても短い間だけ。じきに太陽は山に埋もれていく。そうして夜の闇がこの絵を呑み込んでしまう。太陽が地球の反対側を過ぎて、またこちらに戻ってきて、そして西へ傾き沈んでいく、その、ほんの少しの間だけの風景……。

『夕焼けこやけ』

夕暮れ時に
雲の割れ目から日がまっすぐに射すシーン
たくさんの日に
そんな神々しい風景を見ました

西の空に太陽が色濃く山をふちどり
一面の橙色は私を泣きたい気持ちにさせる
夕空はメッセージを送ってくるようです
『ワスレナイデ』
何を忘れてはいけないの？
教えて　何を？
返事はなくて　ただ
『ワスレナイデ　ワスレナイデ』
ねぇ　私全然いいコじゃないよ

他人が思ってるほど純じゃないし汚いよ
それでもいいの？
『イイヨ　イイヨ』
『イイヨ　ダカラ　ワスレナイデ』
夕焼けが落ちていく
その瞬間まで懇願するみたいに
メッセージはつづく
『ワスレナイデ　ワスレナイデ』
うん　私こんな想い忘れたくない

十五歳、義務教育中の私は、お金も趣味もないので学校と家だけが全ての世界だった。晴れの日も雨の日も、ひたすらに学校と家の往復の日々。晴れの日も。雨の日も。ひたすら、ひたすら……。

『あこがれの空へ』

快晴の空を見上げ
気持ちのいい風に吹かれていると
いつも思うことがある
『消えちゃいたいなぁ』
この大気に溶けて宙を漂いながら
流されるままになりたい

消えちゃいたいよ
イタイもカユイもクルシイも
もうマイナスの思いはたくさんなの
私　もうくたびれちゃって
消えてしまいたくて
こんな穏やかな日に溶け込んでしまいたいの

そんなの

後ろ向きで弱いね
否定されるかもしれない
でも正直な想いなの

頭上にあこがれの空が広がっている
重い足枷をつけた私は飛べない
空を仰ぐ
消えたいなぁ

『ザーザー雨』

ザーザー雨降り
ザーザーザーザー
音を消すよ　匂いを消すよ
側溝に溜まったゴミをながすよ
汚物を運んできたりするよ

ザーザー雨降り
ザーザーザーザー
傘の下では
雨の音　雨が傘を打つ音
雨の音　雨が傘を打つ音
雨に囲まれて
雨に閉ざされて
世界がぐっと狭くなる
自分の心にいつもよりか近くなる
傘の下では
みんなマイワールドカラー
雨に濡れていっそう鮮やかに
傘の花が咲いている

今は全てに『中学生最後の』がくっついてくる。中学生最後の衣替え、中学生最後の文化祭、中学生最後の冬休み。日々はどんどん過ぎ去り、卒業が待ち構えてる。卒業なんて実感ない。中学生活に未練なんてないし、せいせいする。卒業したからって、急に大人になれるわけでもないしね。でも……。ひそやかな私の想い人。その人とは、もうなかなか会うことができなくなるんだ。それだけが心苦しい。

『偶然』

夕焼け色に染まった教室で
埃やチョークの粉が沈む中で
机の中に隠していた
罪悪感にも似たせつない思いを
やっとこさ打ち明けたなら
卒業がやってくるのかもしれません

並ぶ上履きの様々なことも
壁に書かれた暗号も

ノートを走るシャープペンの音も
風にたなびく大きなカーテンも
廊下の端の空間に溜まっている匂いも
なんだか共有の秘密みたいで
息苦しくなるよ

もう当たり前みたいには会えないの
決まりごとみたいには毎日会えないの
三月なんか来なくっていいのに
告白の勇気がない私
さようならって
さようならって
心の中でつぶやくよ

四月からはあまりに広い町で
偶然の出会いを祈るばかりの
意気地なしの私

おばあちゃんから図書券を貰ったので、問題集と花言葉の本を買った。花言葉は特に興味があったわけじゃなかったけど、問題集を二冊も買うのはもったいないし、いただきものの図書券で、漫画本を買うのは気が引ける。単行本は受験日を目前にひかえているのでやめたのだ。それで、なんとなく目についたのが花言葉の本だった。花言葉はどれも愛とか恋に関連しているものばかり。

「まったく色めきだってますのぉ」

パラパラとめくっていたら、真実の愛とか純愛とかが並ぶ中、夏の花の中に、『楽しい思い出・若い友情』という花言葉を発見した。にちにち草の花言葉だった。にちにち草は五枚の白い花びらが中央に向かって、ピンクが濃くなっていく、小さな花だった。いつか、大人たちの言うように、今、この時は美化されて『思い出』になってしまうのだろうか？私は机の引き出しから例のノートを取り出した。ずいぶん書いたもので、残すはラスト一ページになっている。私は、そのノートの表紙に、『にちにち草の日々』と太字のサインペンで丁寧に書いた。題名がつくと、それは思いがけず、立派な一冊の詩集になったようで心が浮きたった。窓の外には、二月の雪が静かに降っている。ずっとずっと遠くのほうまで降っている。ずんずん、ずんずん降り積もっていく。白くはかなくて、たえまなく降りつづくスノーパウダー。こんなふうだったらいいのにな。こんなふうだったらいいのに。
私は、『にちにち草の日々』の最後のページを開き、ペンを取った。

『しあわせパウダー』

たえまなく
しあわせパウダー降りかかる
そんな人生がいい
絶対いい

初恋

越してきた町は、日本じゅうにどこにでもあるようなありふれた町だった。それでも、この見知らぬ町では私はしっかりとよそ者で、町はよそ者の私に対して、おもむろに厳しい表情を表してきた。

信号機は、赤信号の時間が無駄に長くて意地悪だし、電信柱の広告は意味不明の暗号のようでちっとも親切じゃない。文具屋や本屋の店員はまるで万引き犯を見るように、不躾なまなざしを送ってくるし、のら猫や犬は、ちっともかわいげがない。だから、本当は家の中で本でも読んでいるほうがよっぽどましなのだった。だけども、家では、母が引っ越しの荷ほどきに追われ、せわしなく駆けまわっているので、邪魔者の私は否応なしに外に追いやられてしまったのだ。

足取りも重く、人目を避けるように、とぼりとぼりと歩いていたら、小高い丘の上に穴場的に拓けた場所を見つけた。低い木々が茂って、空と錆びた看板（『変質者出没・危険』と書いてある。だけど、ありふれた看板だったので気にしなかった。）と地面しかないその空間にしばらく身を置くことにした。休憩タイムだ。小高い所で緑もたくさんあって、空気がうまい気がした。思いっきり深呼吸をして、

「おおきなーうただよーあのやまのーむこうからーきこえてーくるだろーおおきなーうただよー」

と大きな声を張り上げて歌った。スカーッとなった。心が青空だ。気分が晴れた。なので、私は翌日もここにやってきて『おおきなうた』を歌った。そして、この場所は引っ越し三日目には、この町で唯一私の味方の場所となった。

小学生の私にとって、引っ越しにともなう転校は免れられない宿命だった。「転校」まであと四日。知らない学校。知らない人たち。そこにひとりで挑まなくてはならない「転校」は、今の私にとって、最大の不安要素だった。果たして今日もまた『おおきなうた』は、この胸の中にグログロと渦巻いている不安な気持ちを解消してくれるかな、とまさに大口を開けて歌おうとした瞬間、後ろで木の葉が不自然にガサリと音をたてた。人の気配だ！　お腹がきゅっとなって、私は固まってしまった。おそるおそる「誰かいるの？」と言うと、木々の隙間から茶色の頭が覗いた。それは髪も皮膚も目も、色素がやたらと薄い、背の高い男の子だった。男の子は私と目が合うと、

「歌えばいいじゃん、昨日みたいに」

と言った。歌えばいいじゃん、昨日みたいに。私は一気に赤面した。誰にも見られていない、聞かれていないと信じきって歌ってたのに。見られていたの？　聞かれていたの？

「気づかなかった？　昨日もおとといも僕そこにいたよ」

おとといも！　耳まで真っ赤。

「きみ、誰？　この辺の子じゃないよね」

私は恥ずかしくって即座に返答できず、首だけで頷いた。

「二年生？　三年生？」

恥ずかしくって『五年生よ、失礼ね』の返答が口に出せない。男の子は持参してきたらしいダンボール紙を地面に敷いて座り、私もそこに座るように目で命令してきた。

なんだか私は、弱味を握られてしまったようで逆らえず、ダンボール紙の端にちょこんと座った。そのまま、しばらく沈黙が続いた。そのうち赤面がひいていき、ふたり、秋の透明な風の音を聴いていた。そうして男の子はおもむろに口を開いた。

「僕のとこの学校にはさ、クジャクがいるんだ。クジャクの鳴き声って聞いたことある？」

私は、ううんと首を振る。

「そのクジャクの名前はファンっていうんだ。うちわっていう意味なんだ。クジャクって羽広げるとうちわみたいだろ？」

「羽広げたところ見たことない」

私がそう言うと、男の子は私のほうを見て笑った。やんわりとした優しそうな笑顔だと思った。

「クジャクってさ、にゃあごーって鳴くんだ」

そう言って、また、にゃあごーと言う。私も真似して言った。

「それから音楽室にはグランドピアノがあって、それを弾くと、窓の外の木が音に合わせて揺れるんだ。春は桜、今なら黄色の銀杏の木がさわさわって鳴るんだ。あと、中庭にある大きな石には小さな穴があって、その中に銀色の折り紙にお願い事を書いて入れておくと願いが叶うんだよ」

男の子の顔は、周りの木々と同じように紅葉してキラキラしていた。いつまでも尽きない彼の話も、西の空の夕日とともに終わりを漂わせた。男の子は、

「明日もここに来るだろ?」

と言った。私はうん、と言った。そして立ち上がり、それぞれの家路に着く。バイバイやさようならの代わりに明日の再会を約束して。

男の子はたくさん学校の話を聞かせてくれた。次の日も、その次の日も。ふたりの会話はいつも彼の一方通行で、私はただ相槌を打つばかりだったけれど、おかげで転校先の学校のことを、見てきたように知ることができた。

例えば、三年一組の太って丸眼鏡の男の先生が持っている黒いカバンの中には、ひよこのぬいぐるみが七個も入っていること。校長室の金庫の中にしまってある高級ベルギーチョコレートのこと。夏になったら一面に広がるひまわり畑のこと。クリスマスには給食にローストチキンとロウソクつきのショートケーキが出ること。

男の子の話を聞いているうちに、だんだんと転校に対する不安は消えていった。それどころか明日の転校初日が楽しみになっていた。

「いい学校なんだね」

私が言うと、男の子は柔らかな柔らかな笑顔でうっとりと言った。

「そうなんだぁ」


白い引き戸を開けると、たくさんの瞳が一斉にこちらを向いた。覚悟していたけれど、さすがに緊張する。黒板の前に立った。背中のほうで先生が黒板に向かって何かを書く音がする。きっと私の名前だ。

「今日から、五年一組の新しい仲間になる小林夕子さんだ」

「小林夕子です。よろしくお願いします」

緊張して倒れてしまいそうだった。席を案内されて椅子に座るまでの長い距離を歩ききったのが奇跡だと思った。いろいろ聞かされていたとはいえ、やっぱり見慣れない掲示物や前の学校とは違うカーテンや床の色なんかは疎外感の元だった。クラスメートは私の知っている友達よりもおとなっぽくみえた。憂鬱だなぁ、となんとなく窓の外に目をやると斜め右前方向に、見たことのある茶色の頭を発見した。あの男の子だ！　間違いない。同じクラスなんだ。よかった、知った人がいる。心細さが少し消えた。

一時間目終了の鐘が鳴って、早速男の子のところに行こうとした。私のことを二年生か三年生と思っていたから、びっくりするだろうなと思った。そして立ち上がろうとしたとき、女の子の団体が二、三人やってきて私を囲んだ。

「私たちと友達になろうよ。どこから来たの？」

話しかけられて嬉しかった。

「隣町の第二小学校から来たの。私、この学校に来るのがすごく楽しみだったの」

「へぇ、気に入ってくれたんだぁ。よかったぁ」

「ねぇねぇ、校内を案内してあげようか？　迷子にならないように」

「うん、ありが……」

ありがとう、と言おうとしたときガシャンという音が鳴り響いた。何事と思って音のしたほうを振り向くと、あの男の子が見えた。男の子の机の下には筆入れや鉛筆や消しゴムが散らばっていた。どうやらそれらが床に落ちた音だったらしい。でも、なんだか様子がおかしい。男の子の周りには何人かの男子が、いやらしい顔つきで男の子を見下ろしているのだった。

「ほら、拾えよ」

男子のひとりが男の子に向かって言った。男の子が床に落ちた鉛筆に手を伸ばすと、もうひとりの男子がそれを足で踏みつけた。男子たちが汚らしい声で笑う。

「あいつら、また相沢のこといじめてるよ」

三つ編みの女の子が言った。

「気にすることないよ。相沢って嘘ばっかりつくんだもん。いじめられて当然よ」

チェックのスカートの女の子が言った。

「ほっておこう。気にすることないからね。夕子ちゃん」

あの男の子、いじめにあっているの？　あの子がいじめに？　頭の中が混乱した。とても信じられない。あんなに学校の話を楽しそうにしていたのに。あんな笑顔で学校の話をしてくれたのに。どうして？

男の子はうつむいていた。その横顔には暗い影がはりついていた。全然違う子みたいだ。私は、確かめに彼の前まで行った。別人かもしれないと思ったのだ。でも、その色素の抜けた髪も目も、あの時の彼のものだった。

「ねぇ、私のことわかる？」

男の子はうつむいたまま、顔を上げなかった。

夕子ちゃん、と三つ編みの子が呼んで、私のカーディガンの袖をつかんでひっぱった。

「かかわらないほうがいいよ。可哀想だけど、今度は夕子ちゃんがあいつらにいじめられちゃうから」

私は臆病だった。いじめられっこと仲良くして、一緒にいじめられるのが怖かった。そういう子は前の学校にもいた。だから男の子とは話さなかったし、二度とあの場所に行かなかった。私は少しずつクラスに馴染んでいき、彼はそれからもずっといじめられつづけていた。上靴を隠されたり、ノートに落書きをされたり、彼の周りはいつも冷やかな笑いが囲んでいた。

それに対して男の子は泣くでもなく、仕返しをするでも、先生に訴えるでもなく、ただひたすらに無表情に落ち着いていた。彼の目は、人に煙たがられて、振り向かれることのない、やせ細った野良犬のように精気がなかった。気味が悪いと女の子たちが男の子を避けていたのも頷ける。ここでは、あの秋の日のような彼の笑顔は見たことがない。だから、きっと誰も彼の、あの柔らかくてひっそりと明るい笑顔を知らないのだ。

私は誰にも気づかれないように気をつけながら彼を見ていた。今ではいろいろわかったことがある。クジャクはにゃあごーと鳴くこと。でも学校にいるクジャクはファンなんて名前じゃないこと。音楽室にはグランドピアノがあって、窓の外には桜の木や銀杏の木が見えること。三年一組の先生の黒いバッグにはひよこのぬいぐるみではなく、算数で使う三角定規やチョークなんかが入っていること。中庭には大きな石があるけど、銀色の折り紙のジンクスなんてないこと。

男の子は嘘をついていた。本当のことの中に素敵な嘘を織り交ぜて話していたのだ。時々思う。いじめられつづけても決して学校を休まない彼のことを。彼の心のレンズ越しに見る楽しい学校のことを。そこに王様のようにひとりきりで君臨している彼のことを。

窓際の席の彼はいつも外を覗いていた。それを遠くから見るたびに、その心に描かれた風景を、もう一度私に語ってくれないだろうか、と思った。

私は彼の描く世界にどうしようもなく惹かれていた。それに彼自身にも。初恋だったのかもしれない。

もう一度、私だけに語ってください。もう一度、私だけにあの笑顔を向けてください。

もう一度、私にだけ……。

ライバル

目の上のタンコブ的存在。

彼女は、いつだってさりげなく私を上回る。とても悔しい。自慢にもならないけど、あらゆる能力を折れ線グラフで表してみたら、私のデータは、学問・運動・容姿・人望など、中の上あたりを大きな山もなくなだらかな線を描くと思う。そして彼女のものだって一見変わり映えしないはず。だけども！ だけどもである。彼女と私のそれを照合してみれば彼女のほうが若干上回るのだ。

何よりも！ 何よりも悔しいのは、このライバル意識が私の一方通行であるということだ。

彼女の眼中に私はない。

悔しい、悔しいぞ。


「ねぇ、テープ持ってない？」

隣の席の男の子。実はひそかに私の想い人だったりする。声を掛けられ動悸が早くなる。

「ちょっと待ってね」

私は文具品入れを机の横に提げていた。いざという時のために、備えているのはクラスの中でも女子に限り、また少数であったため、重宝がられた。それに、こんなふうに隣の席の男の子から声を掛けてもらえるきっかけにもなるし♡

「あれ？」

巾着袋の中を探りながら、思い出した。この間使い切ってしまったのだ。

「ごめん。切らしてたんだった」

「あぁ、そうか。うん、わかった」

がっくり……。

早めに補充しとくんだった。彼は教室内を見渡し、別にテープを持っていそうな人を物色しはじめた。

「あ、ねぇねぇ」

発見したらしい。

「テープ持ってない？」

彼が声を掛けたのは、なんと斜め前の席の彼女だったではないか！　彼女は彼の呼びかけに振り返る。その振り返るしぐさときたら！　私にはその動作がとても緩やかに、上品ぶっているように見えた。彼を意識して、とっておきのしなやかな動きで、まるで誘惑しているかのように。

「ちょっと待ってね」

彼女は手際よくケースからテープを取り出し、彼に手渡した。

「サンキュ」

彼は彼女に向かってほほえんだ。ほほえんだ。彼女は彼にほほえみ返した。ほほえみ返した。

またしても、やられてしまった。


「今日はおさげにして行くの？」

「うん。時間があったから」

私は普段、肩まである髪をふたつに分けて結っていた。でも、今朝は早起きして余裕ができたので、はりきってしまった。

「おはよう。あれ、今日は三つ編みなんだねぇ」

「うん」

ちょっとした変化ではあったけど、それに気づいてもらえるのは嬉しい。私は何となくウキウキしながら教室の戸を開けた。

「あー、似合う。似合う」

「かわいくなった〜」

絶賛！

絶賛の的は、ふたつ結いをおさげに変えた私ではなくて、髪を切りショートヘアになって、すっかり垢抜けた彼女だった。

「そんなに言われると照れるよ～」

かなんか言っている彼女の声が、勝利の雄叫びに聞こえる。負けた。またしても。またしても。


その日の放課後、中総体（中学総合体育大会）間近でわがテニス部も追い込みのために、夕方暗くなるまで練習に励んでいた。でも夜道は危険だからと、お母さんが車で迎えに来てくれたので、楽チンだった。

「疲れたよぉ。甘い物食べたい。チョコ食いた～い」

仕方ないわねぇ、と言いつつ、お母さんは車をコンビニの駐車場に止めて百五十円をくれた。

「ありがとう」

私は棚に並んでいるチョコレート製品を吟味していた。価格、味、量、カロリーをチェックして選びながら、ふと目線を上げると、菓子パンコーナーにいる女性客が視界に入った。女の人はパンを両手に持って、見比べている様子だったけれど、私は瞬間を見てしまった。そのパンをポポンと持っていた手提げに素早く放り込むところを。万引きの現場だ。

私は茫然と立ち尽くし、その人が何食わぬ顔でガム一個をレジで精算するのを見ていた。

そして、その人が釣銭を受け取り、自動ドアをくぐる横顔を見て、鼓動が一瞬止まる。

ショートヘアの黒髪が後ろに流れて見えたその顔が間違いなく彼女だったから。


どうして彼女があんなことを？　見間違い？

頭の中で繰り返される万引きのシーン、彼女の横顔。どうして？

私は眠れない夜を引きずったまま、翌朝、登校した。教室に入ると、クラスじゅう、彼女の噂で持ちきりだった。嫌でも入ってくる情報により、彼女は私が目撃したコンビニとは違うお店で、万引きの現行犯として捕まったことがわかった。そのうち噂は誇大化して、彼女不在の教室の中を上滑りして充満していったから、どこまでが真実かわからない。

だけども……。

相変わらず彼女の机は黒板と平行に揃っていて、椅子もきちんと真ん中に収まり、机の中はきれいに整頓され、その横には文具用品入れが下がっている。

隣の席の男の子が噂話に興じて笑っている。クラスの皆が彼女の名前を声高に呼んでいる。教室中に彼女の名前が飛び交う。みんなが彼女のことを話している。私はわけがわからない。彼女はいつだって私に僅差で勝っていた。僅差で。だけれど、その差は今、一気に開かれていったように思えた。

届かない。

ただただ胸中に敗北感があった。

シングル

入浴を終え、リビングに戻ると、つけっぱしにしていたテレビから二十三時のニュースが流れていた。

今日はついに誰とも口をきかなかったなぁ、とテーブルの上に置いてあったグラスを持ち上げ、残っていた氷を口の中に放り込む。舌の上でコロコロ転がし、冷たさを充分に味わってから、小さくなった氷を噛み砕いた。シャリシャリと心地いい。それをコクリと飲み込んでしまうと、たいして眠くもないのに、「さぁ、あとはもう寝るばかり」の状態になってしまったので、テレビの電源をオフにした。

途端に沈黙が訪れる。狭い部屋の輪郭がくっきりと線を帯びて、ぐんぐん迫ってくる感覚がした。時計を置かない部屋は、規則正しい秒針の音さえなく、しんと静まり返っている。耳を澄ませるでもなしに呆けていると、耳元に心臓の音が鳴り始めてきた。何となく、こんなの「イカンイカン」と思って気を取り直し、とりあえず背伸びをしてみた。「んーっ」と息を吸って、「はぁーっ」と大きく吐息。

「さて、寝るぞぉっと」

と、大声で独り言を吐き、寝室のベッドにもぐり込んだ。だけども、一度鳴った鼓動はまた高らかに耳元に響き出すのだ。ドクン・ドクン・ドクン。暗い部屋。四角な室内。電話もつながってないいし、窓は外界の匂いを遮っている。眠れず、ふと外を見ると、黒々とした緑の間に星が小さく瞬いているのが見えた。案外ロマンチックな絵だけれど、今の私には効きすぎる。やばいパターンだ。ほら、ほら、やってきた。はじめは忍び寄るように小さく、やがて自覚できるほどに大きく、それは差し迫ってくる。

サミシイヨ。サミシイヨ。そうだ、私はとてもサミシイ。好きな映画をビデオレンタルして観ても、好きなアロマオイルを焚いてみても、吟味して選んできた好みの雑貨たちも、私にしか、私だけにしか響かない。誰かと共有できない。眠れない夜には、とても残酷な想い。でもね、これは自分で選んだ夜なのだ。こういう夜を覚悟してなかったわけじゃない。覚悟しつつも選んだ私の人生最大の選択は、結婚三年目に迎えた「離婚するｏｒしない？」で前者を選んだこと。私なりにかなり悩んで出したこの結論に、後悔はしないことを誓った。これっくらいの代償は、なんてことないはずだったのだ。

大丈夫、眠れる。私はベッドの引き出しを開けると茶色の小瓶から白い錠剤を一粒出して、飲み込んだ。目を閉じる。後悔なんてしてない。サミシサなんて刹那の感情に負けない。後悔なんて絶対していない。私は負けない。

と、何度も自分に言い聞かせたのに、やっぱりダークな夢を見てしまった。私ってわりとネガティブな質《たち》かも、なんて誰もが感じているに違いないこと、そういう鬱的な色合いの夢をまたもや見てしまった。なんだか知らないけれど昔からよく見る毎度お馴染みの夢だ。

『誰かわかってくれる人はいる？　誰か同じ想いを抱えている人はいる？　誰か、誰か』そんな誰かを求めている。

そのくせ人見知りで用心深くて臆病な私は、誰かを探し出す勇気もなくて、人から逃げてばかりいる。そんな思春期から全然変わってない幼いままの私が暗褐色の風景の中、ずんずんひとりぼっちになっていくのだ。顔見知りの人物が入れ替わり立ち代わり出てきて、小学校や近所や全然知らない土地を舞台に、辻褄の合わないストーリーを展開する、へんてこな内容の夢。きっと私の中に息づいてしまった意識できるところの哀しさなんだと思う。目を覚まして「また、あの夢か……」と思って、寝覚めがすこぶる悪かった。

それでも、朝は来るのだ。いつも確実に。何よりの救いだと思う。そうして、私はつつがなく、ゆっくりとお茶を淹れ、一枚のパンを焼く。トイレに行って、お弁当を詰めて、鏡の前で身支度をして。離婚したら、そりゃあ、規則正しく自分だけの朝を過ごせるようになった。私には誰かのために朝食を作ったり、誰かのお弁当を作ったりすることが人一倍に気を使う仕事だったらしい。それが、愛している旦那様であっても。

なにせ、忙しい朝に自分ひとり分の準備で済むというのは無駄がなくていい。食事だって自分が食べたいだけの用意をすればいいし、仮に残したってイライラしない。自分のしたことだもの。他人が食べ残したりしたら、全く腹立たしいかぎりだ。『なぜに、忙しい朝の時間を割いて作ったのに残すのよぉ〜、もぉ〜！』という具合に。私って心が狭いのかしら？

しかし、離婚後のひとり人暮らしというのは気楽そうだが、意外に多大なエネルギー消耗の日々だ。暇がない。仕事をしなければ生活できないので、私は週に一度の休みの他は、昼も夜も働いていた。日中は小さな企業の事務員をして、夜はスーパーでレジ打ちのアルバイトをしている。稼いでも稼いでも、今までの生活を維持していくのはやっとのことだ。石川啄木さんのように手を見つめてみる。例えば、私にもっとバイタリティーがあったなら、ちょっとぐらい、いかがわしい仕事をしてでもお金を稼ぎ、余暇を楽しむことができたかもしれない。それか、どこか田舎にでも引っ越してお金をかけず、もっと楽に細々と暮らせたかもしれない。だけども、もともとバイタリティーに欠ける性格の私は、離婚でそれを使い果たしてしまったらしい。離婚したからといって急に環境を変える気力も体力もなかった。慣れた生活は心地いいとかじゃなく、単に慣れていて楽チンなのだ。

抜け出せない。抜け出す元気も勇気もないのだ。だから、同じ生活を続けていくために仕方なく働く。それに、働いて忙しくしていれば面倒ないろんなことを考えなくて済むし。

「おはよう、鈴木さん」

「おはようございます」

仕事先ではいまだに結婚していたときの苗字で呼ばれる。別に嫌じゃないけれど。

「おはよう、浩子」

肩を叩かれて振り返ると、職場で唯一の友人と呼べる千佳子がいた。千佳子は私を苗字で呼ばない。

「おはよう」

「なんだ、なんだぁ。暗いぞ」

「夢見、悪くてさ……」

「そんな時こそ明るい顔してなきゃ。暗いとますます憂鬱よぉ」

千佳子の健全なセリフは、時々すごく私を驚かす。そうなのだ。そうなのだ。私は浮上する術がとても下手で、嫌なこと、哀しいことや落ち込んだ時など、まるっきりそのまま表情に出てしまうらしく、人に気を使わせては自己嫌悪に陥ったりする。それに、負の感情は負を伝染する……。それは好ましいことではないので、人は心で泣いて顔で笑ったりするらしい。それが下手くそな私はとても正直な人と言えなくもない。大人じゃないとも言えるかもしれない。

「近頃とみにそういう顔してるよ？　浩子」

千佳子が心配の色を目に浮かべて、そぅっと私を覗き込む。その目は真剣なくせにいつでも冗談に戻りそうに儚くて、そういう押しつけがましくない優しさを持っている千佳子を私は尊敬している。

きっといろんなことを経験して、悩んだり考えたりして習得した技なんだなと思う。

「飴でも舐めて、目を覚ましなさい」

そう言って、千佳子はポケットから一粒のバター飴を取り出した。

「サンキュ」

でもね、千佳子……。近頃の浩子＝離婚してからの私、そんなに暗い顔ばっかりしてるかなぁ。とても楽チンになったんだよ、私。解放感溢れる、明るい表情になっててもいいと思うのに。

なのに、どうしてなんだろう。誰か、助けて。私、ひとりぼっちが楽なのに、すごく悲しい夢ばかり見る。まだ恋を知らなかった頃の夢ばかり見るんだよ。コンプレックスだらけで悩みの多かった頃の、臆病で、クラスメートに敵、味方をつけたり、友達に嫌われないように合わせたり、自意識過剰で男の子と上手く喋れなかったり、お母さんが認めてくれない、否定の目で私を見ている、と悩んでいた思春期の頃の夢を見るの。

独りになってから、そんな夢ばかり見るの。そして暗い朝を迎えて、ホントは辛いよ。弱音吐きたいけど、自分で下した決断が招いたのだったら、自業自得なの。

でも、誰か、助けて。誰か、誰か……。……誰かって誰だろう。新しい恋人？　二度目の旦那様になってくれる人？　あぁ、でも旦那はもう懲り懲りなの。私は離婚して独りになって、自由を手に入れた。ただ、当て外れに寂しさが付きまとってきたのだ。だから、別れたことが正解だったかはまだわからない。だけども、これから幸せになれば〇《マル》。今は、×《バツ》でも、これから幸せになれれば〇《マル》と思っていいんだよね？　今の苦しさは罰。償いは夜毎の悪夢。そうでしょう？

「飴玉ひとつで気分変わるもんでしょ？」

「うん」

「お茶でも淹れようか？　リラックスしてさ。お仕事頑張ろう」

「うん」

うん、千佳子。この世の中にいっぱい人がいて、ここに千佳子がいてくれてよかった。誰か、なんて妄想みたいな都合のいい人物を追いかけ求めるところだった。私には心配しておいしい飴玉をくれる人がいるではないか。世界じゅうには数え切れない人がいて、そのほとんどが知らない人で、でも、その中でわかり合えるとかじゃなくても、優しい人がいてくれる。それだけでもすごく支えになる。

別れたことは哀しさと寂しさと、悪い頭を悩ます最悪な具合のマーブル模様を心に広げた。別れる前はこれ以上にひどいことはないから別れようと決心したのに。だめな私。きっと、あさはかな私はこれからもまた、すごい選択の岐路に出会って、バカな答えを出すのかもしれない。でも、それはひとりでもふたりでもきっと同じことだ。私は私なのだから。私としての答えしか出せないと思う。

この先、眠れない夜、苦しい夢が、また何度となく訪れても、奇跡みたいに優しい人がきっといてくれるだろう。じゅんぐり、じゅんぐりと。根本的にお気楽者の私は、ありがたいことに、そう思える。独りになった。都合のいい誰かはいない。でも、救いはあるんだ。

口の中にじんわりと甘いミルクの味がする。独りじゃないし、甘い物は幸せだ。夜は寂しくとも耐えられなくはない。

「浩子、朝礼始まるよ」

「うん」

声

昨日、仕事をやり残してしまったため、一時間早く家を出たのが間違いだった。小学生の登校時間と重なってしまったのだ。赤や黒のランドセルを背負った子どもたちは、今にも車道にはみ出してきそうに歩いている。ふいに走り出したり、笛を振り回していたり、急に立ち止まったりする。予測不可能な彼らの行動に、否が応でも運転が慎重になる。全く朝からイライラする。


「おはよう。早いねぇ」

「うん。昨日の仕事の残り、朝のうちに片付けちゃおうと思ってさ」

ふうん、と加奈は言いながら、隣の席に着いた。私は空調機器を扱っている小さな企業に事務員として勤めていた。やりたいことが見つからなくて、短大を卒業して適当に就職したのだ。会社では指示された分量の仕事をこなし、毎月十五日にお給料をもらう。休みの日は大抵買い物に出かける。そんな単調な日々を繰り返し送っている。スパイスの効かない慣らされた日々。平穏無事の甘ったれた日々。それは、いいことだ。多分……。

「課長。僕、昨日ちょっと出かけまして、そのお土産です。よかったら食ってくださいよ

郵便はがき

恐縮ですが
切手を貼っ
てお出しく
ださい

160-0022

東京都新宿区
新宿1－10－1

(株) 文芸社

ご愛読者カード係行

書　名			
お買上 書店名	都道府県　　市区郡　　書店		
ふりがな お名前		大正 昭和 平成　年生　歳	
ふりがな ご住所	□□□-□□□□	性別 男・女	
お電話 番　号	(書籍ご注文の際に必要です)	ご職業	

お買い求めの動機

1．書店店頭で見て　2．小社の目録を見て　3．人にすすめられて
4．新聞広告、雑誌記事、書評を見て(新聞、雑誌名　　)

上の質問に1．と答えられた方の直接的な動機

1．タイトル　2．著者　3．目次　4．カバーデザイン　5．帯　6．その他(　　)

ご購読新聞　　新聞	ご購読雑誌

文芸社の本をお買い求めいただき誠にありがとうございます。
この愛読者カードは今後の小社出版の企画およびイベント等の資料として役立たせていただきます。

本書についてのご意見、ご感想をお聞かせください。 ① 内容について
② カバー、タイトルについて
今後、とりあげてほしいテーマを掲げてください。
最近読んでおもしろかった本と、その理由をお聞かせください。
ご自分の研究成果やお考えを出版してみたいというお気持ちはありますか。 ある　　ない　　内容・テーマ（　　　　　　　　）
「ある」場合、小社から出版のご案内を希望されますか。 する　　しない

ご協力ありがとうございました。

〈ブックサービスのご案内〉

小社書籍の直接販売を料金着払いの宅急便サービスにて承っております。ご購入希望がございましたら下の欄に書名と冊数をお書きの上ご返送ください。　（送料１回210円）

ご注文書名	冊数	ご注文書名	冊数
	冊		冊
	冊		冊

ぉ」

聞き慣れた男の声。時々、おかしく語尾が長くなるのは、相手が目上の人に対する時の彼の特徴。

「おう、サンキュー。って、お前これ、地元のお土産品じゃんか」

「はい。昨日、青葉城見てきたんですよ。そのお菓子、なかなか美味いっすよ。あっ、相原さんも遠藤さんも、どうぞ召し上がってください」

隣で加奈がありがとう、とほほえんだ。机の上には、ふじや千舟の支倉焼きが乗っている。私の好物だ。機嫌取りかい、と少し腹が立った。

「仙台の銘菓は、はずれがなくていいですよねぇ。萩の月も美味いし、ゴマ銅鑼焼きも美味いし、牛タンも美味いし。あっ、牛タンはお菓子じゃないか」

「萩原さんって、甘党なんですね」

意外ぃ、と加奈が返した。普段よりも、少しだけ声のキーが高くなってる。私は、お茶を淹れると言って席を立った。ポットから熱湯が注がれて、視界が白く曇る。給湯室は狭く、事務所からは遮られていて、うってつけの逃げ場所だった。ため息も、笑いの仮面を取るのも、この場所なら安心だ。ゆっくりとお茶を淹れる。コポポポポポと小気味のいい音が立った。お盆にのせて、「さて、戻るか」と振り返って、驚いた。ヤツが薄笑いを浮かべて立っていたのだ。

「何よ。邪魔なんだけど」

思いのほか、優しくない口調に、自分でも驚いた。ヤツは、そんな私に少しうんざりした表情を浮かべた。そのくせ、ふっと、やわらいだ笑顔を見せる。

「なんで機嫌悪いんだよ？」

「別に」

どいて、と言って、ヤツがふさいでいた入り口をくぐり抜ける。

「おい」

背中を追いかけてくるヤツの呼びかけに、私は答えない。

お茶を配って歩いていると、課長が『青葉城恋唄』を口ずさんでいた。隣の加奈は、支倉焼きを頬張っている。美味しいよ、と笑いかけてくる。私はお茶をすすった。支倉焼きは私のためと知っているのに、どうして優しくなれないの？　今は、ヤツの顔が、声が鬱陶しくて仕方がない。そんなの嫌なのに。優しい気持ちでいたいのに。

なにかが違う。なんだかわからないけど、頭の中の疑問符は増えていく一方だった。駅前の通りは、クリスマスを目前にひかえてイルミネーションが輝いている。車の中は暖かく、車窓越しに見る風景の中の人々は、みな、幸せそうに見えた。他人が幸せな分、自分が不幸せに思えるのは、ただの被害妄想なのかな。あぁ、思考が暗い。何なの！

家に着くと、タイミングを見計らったかのように、携帯のベルが鳴った。小さな液晶画面には、「萩原　健」の文字が表示されている。無視しようか。ヤツのばかげて明るい声を聞いたら、きっとまた、冷やかなセリフが出てしまうと思った。でも、着信音はしつこく鳴り響く。

「はい」

根負けしたのは私。車の行き交う音や盲人用信号の音、そんな騒がしい外の音が一気に耳に入ってきた。ヤツが今いる場所の情報が、知りたくもないのに伝わってくる。

「笑えよ。元気出して」

唐突。にぎやかな街の声をバックに語りかけてくるんだね。そんなのは遠いよ。

「ごめんね。今日……。支倉焼き、美味しかったよ……」

あぁ、謝れた。ほっとしたら涙が溢れてきた。

「笑えって言ってるのに、何で泣くんだよ。笑ってよ」

「うん」

「なんか最近変だよな。悩みとかあるんだったら聞くよ。愚痴も聞くよ」

「バカ。アホ。マヌケ」

「いや。悪口は聞かない」

ふふ、と私たちは小さく笑った。

「よし。今度、休み合ったらさ、八木山動物園に行こう。で、ずんだ餅の美味しいとこ行こう」

「なによ。それ」

「僕たちの街を行く、第二段の巻」

「動物園は嫌よ。くさいし、興味ないもん」

「あっ。嫌な女の意見だなぁ。お前、動物好きだったじゃんかよ」

「そうだっけ。それよりも、西公園の所にあるプラネタリウムに行こうよ。星が見たい。宇宙が見たい」

「オッケー。決まりな。じゃ、暖かくして寝ろよ」

「うん。おやすみ」

「じゃ、笑えよ」

そうヤツは言い放ち、直後、プツッとなって、それきり音が途絶えた。今の今までつながっていたのに、あんまりにも急にひとりになってしまった。電話の最大のウィークポイントだ。顔も見えない。そこにいない。まるで、つながっていたのが夢のことだったように思える。振り返ると、しんとした部屋が、お帰りと私を迎えてくれたけれど、ただそれだけ。朝、家を出たときと同じに散らかっていて、何のなぐさめにもならない。だけど、どこよりも一番安らげる場所だった。そして、一番いたい場所は、ヤツの隣だなんて、私も女だなぁ。

冷蔵庫を開けて、冷えたビールを缶のまま飲んだ。苦い炭酸水なんて、いつの間に好んで飲むようになったんだっけ。会社ではお茶、自宅ではビール。どこに行っても、心を落ち着かせる飲み物というのはあるものだ。飲めば、体は潤うし、心の中の偏っていた思いを平らにして、その濃度を薄めてくれる。私は夜のビールをごくごく飲んで、胃の中と心の中を苦い水で、たぷたぷにした。

「笑って。笑って」

朝一番、ドラえもんのお面をつけて、ヤツが話しかけてきた。バカか。私は大きくため息をついた。

「泣き虫。泣き虫」

ドラえもんのお面で言われて、無性に腹が立った。

「最低！　最低だよ！」

腹が立って、つい叫んでしまったのに、もう涙が滝のように幾筋も頬を伝っていた。あぁ、泣いちゃった。どうして、こうなるの？　思考は至って冷静なのに、もう涙が止まらなかった。

「ちょっと、どうしたの？」

加奈がびっくりして目を見開いている。ヤツはドラえもんのお面を取って、茫然と立ち尽くしている。どうしたのよぉ、と加奈が覗き込んでくるけれど、私だってわからない。どうして私、泣いてるんだろう。

今日はもういいから、と課長が言ったので、そそくさと退勤した。あんな醜態を見られた後では、普通の顔をして仕事なんかできやしない。家に帰っても暇なので、何となく街をぶらぶら歩いていた。泣いてしまったなぁ、とぼんやり思っていた。短い間に、感情がポンポン変わる。コントロールできなくて、自分を持て余している。私、どうしちゃったんだろう?

目的もなく歩いていたら、いつの間にか歩行者天国のアーケードを抜けていた。クリスマス一色だった世界から、いつもどおりの十二月の寂しい景色の中にいた。

意識していたつもりはなかったのに、目の前にはプラネタリウム館があった。よっぽど来たかったんだなぁ、私。平日のお昼、小さなプラネタリウム館は閑散としていた。暗い館内は、オレンジ系の蛍光灯で暖かく灯っている。客は私の他にカップルが一組だけで、上映時間になると、三人は丸いドーム型の屋根のある部屋で、作り物の夜の中に入った。そこで冬の星座の話が始まる。オリオン座、カシオペア座、北斗七星。冬の大三角形。スバル、大熊座。人工の夜空は、知らない星々までたくさん映し、作り物の星々は、作り物らしく、遠慮なしに輝いている。でも、いじらしいくらい星への希望が、祈りが伝わってくる。目に見えない小さな星たちも見たいという希望。見えない星こそ私だから。ここに、ヤツと来たかった。ヤツと一緒に、限られた空間の宇宙を見たかったな。

結局、星の説明をするアナウンスに耳を傾けることもなく、上映は終わってしまった。明るくなった館内は、少しの絶望を漂わす。現実はこっちなんだって、がっかりする。カップルたちは、夢の余韻を味わうように、スクリーンの屋根をまだ見上げていた。それから、女の子はそっと手をお腹の上に置いた。そして、その手でお腹をやさしく撫でる。それを見て、わかりかけた気がした。わかってしまった。ここに来て、ようやくわかった。バカな、私……。こんな直接的な場面を見て、やっとわかるなんて。

私、妊娠してるんだ。

予感的中。そして、多分、今までの情緒不安定は、私の中の得体のしれない生命が原因だったのだと確信した。だって、わかったら、こんなに落ち着いてしまったもの。薬局で購入した、妊娠検査薬はきちんと陽性を示していた。私はお腹を見下ろす。ねぇ、きみの呼びかけは、はかなくて、ささやかで、ちっとも気づいてあげられなかった。それどころか不気味に思っていたの。ごめんね。大丈夫。不安がらないで。私には、支倉焼きを買って来てくれる人がいるの。会社帰りの街中で、私を思って電話をくれる人がいるの。ドラえもんのお面で、滑稽を装って励ましてくれる人がいるの。私が一緒に星を見たいと思う人なんだよ。それが、きみのお父さんだよ。

「萩原……。私、会社辞めてもいいかな？」

「バカ、お前。早まるなよ。そんな、泣いたの見られたくらいで。大丈夫。悪者は俺ひとりだからさ」

電話越しに、ヤツの慌てる声が笑える。

「違うの。そうじゃなくて、私、子どもができちゃったみたいなの」

さらり、を努めて告白した。電話の向こうで、一体どんな表情をしてるの？　不安が襲いかかる。でも、どんな答えが返ってきても、私、産むから。大丈夫だからね。でも、でも、お願い、お願い、お願い、お願い。萩原。

短い沈黙の後、萩原がやっと口を開いた。

「子ども？」

驚きの混じった、呟き。

お願い、お願い、お願い、お願い。何度も願う。鼓動が早打ちしてる。やがて、言葉を見つけた萩原は、確信を込めて強く言った。

「萩原、になってくれる？」

聞いた？　きみは覚えていて。私は忘れてしまうかもしれない。こんなに誠実のこもったセリフを。きみを守る力強い声を。

「うん」

「泣くな」

「泣いてないよ」

「笑えよ」

「笑ってる」

「そうか」

萩原、照れてる。おかしいね。ねぇ、きみ、おかしなお父さんだね。

「なぁ、今からそっち行っていい。お前と俺の子に会いに行くから」

「十分以内に来て。ビール冷えてるよ」

火の番人

今は環境汚染の問題から禁止されているけれど、私の田舎では、家庭内ごみや草や枯れ木なんかを裏の畑で燃やしていた。大抵は夕方の頃。西日と炎の灯りを浴び、顔や背中に朱と黒い影を映して、ごみが散らばらないように、金棒で火の中央へかき集めたりする様子を、煙たさとごみが燃える匂いと一緒に記憶している。

このごみ燃やしの仕事は父か母の役目で、それぞれの仕事ぶりは全く違っていた。父のほうにはまるで緊張感がなかった。娘の私から見て、父の日常生活はことごとく緊張感に欠けていた。もちろん、この作業においてもそれは例外でなく、持っている金棒でごみやら火をいたずらにいじくるので、火は散漫に踊り、灰はちりぢりに空に舞っていく。

父はそれを傍観する如く、ただ火が消えていくのを見守っているだけのようだった。時には辛抱できなくなるのか、火がごく小さくなった段階で家の中に引き返し、テレビの相撲中継なんかを見ていたりした。変な解釈かもしれないけれど、私はそんな父に寛容な心を見ていた。

母のほうはといえば、まるで違った。彼女はさながら火の操り人だった。金棒を振りかざして火を大きくしたり小さくしたりと自由自在に操り、ごみをすっかり灰にしてしまうのだった。

普段、笑うとぱっと周りに華を咲かせるほど明るさを携えている人だったが、火をいじっている時の母は、無表情に火を見つめ、まるで魔女のようだった。私は部屋から持ってきた、いらないプリント用紙なんかをそこへ持っていっては、これも燃やしてと頼み、一緒に火にあたった。母は煙を上手によけながら、金棒を器用に働かせ、妖術で火をくねらせたり、縮めたりする。私は母の背に回って煙を回避しようとするのだが、何度も煙を吸い込んでしまうのだった。冷えた空気と火の熱気と、どちらも体のあちこちに感じることは、何だか奇妙なことだった。

そうして、ごみは時々、パチッと鳴って、朱い炎の中、母の手によって真っ黒な灰のカスになってしまう。それは、すごく偉大なことのように思えたし、恐ろしいことだった。だけど、その炎を魔法のステッキの如く、いとも簡単に金棒で操る母の背中の後ろで、私は途方もない安堵を感じるのだった。母はすっかり火が消えるまでは、決してそこを離れなかったので、火が小さくなる頃はすっかり夜になっていた。暗がりの中で、かすかに、地面に朱い火がくすぶっている。やがて、火は完全に消えて周囲は一気に闇となる。袋いっぱいにあったごみは、ほんのちょっとの灰になってしまった。母は仕事の最後にそれを箒で掃き出して小さな山を作る。手際よく簡単に。

私は捨てられて燃やされて、どれもおんなじように黒く儚くなってしまったごみの残骸を見る。母にとっていらなかった物たち。何の思い入れもなく、その手によって灼熱の業火の中に投げ込まれ、そして、ちっぽけな灰になってしまった。私は？　お母さん、私は違うよね？　私は小さな魔女で修行中の身で、大きな魔女に見捨てられないようにしなくちゃいけない。母の背中をすがるように見る。

捨てないで。見捨てないで。そして、母がゆっくりと振り返る。「寒いね。中に入ろうか」私は心からほっとして頷く。

夜の闇の中に小さなごみの墓がある。

金魚の泡《あぶく》

私が通っていた小学校の花壇の中には、小さな池があった。

私たちは、池に浮かぶ蓮の葉の下の、金魚の朱い色がよぎるのを見ていた。入学と同時にできた友達は不思議な子で、私たちは大抵一緒にいたけれど、何の会話もなく、ただ休み時間の来るたびに、池の縁の石に、ふたり腰を下ろして水中を眺めていた。

クロッカス、すみれ、水仙、チューリップ、ヒアシンス、そんな花々が咲き乱れ、空はいつ見上げても水色一色で、三階建ての校舎は太陽の下、強く白くて、何もかもがはっきりとしていた。池には、その大いなる空が映り、水中の石や草は遠い風景画を思わせ、そこを悠々と泳ぐ金魚は、さながら空の住人のようだった。松葉ぼたん、芝桜、つめ草、そしてまた快晴の空。

休み時間の校庭はいつも同じ騒音がした。そんな中、花壇の中では春の新しい花たちと、ちっぽけな私とちっぽけな友人だけが、池の中のようにくぐもった静けさに身を置いていた。金魚たちは、今日も空の国をゆるりと泳いでいる。そうして、いつものようにその友達と池を覗き込んでいると、突然、

「金魚はいいなぁ。でも……」

と、その子が呟いた。『金魚はいいなぁ。でも……』でも？　その子は池から視線を上げて、後ろを振り返り、校庭を一巡りさせた。途端に、たくさんの子どもたちの声や、ブランコをこぐ、ギィギィという金属音、ボールが蹴られた音がどっと押し寄せてきて、耳をふさぎたい衝動に駆られた。その子がすっく、と立ち上がった。「待って」と言おうとしたけれど声にならない。

彼女は今、立ち向かおうとしている。彼女の目には戦士のように、挑もうとする気配が色濃く映っている。まだ私は動けないのに。まだ、ここにいたいのに。もうちょっとここにいようよ。ひとりにしないでよ。置いていかないで。だけども、彼女は無情に池の中の金魚に最後の視線を落とした。『ばいばい』と言った気がした。そうして、一気に校庭に駆け出して行った。彼女は金魚になった。たくさんの金魚たちに溶け込んで、もう見分けがつかない。

私は池を覗いた。この限られた世界の中に、何の疑問もなく泳ぐ金魚たち。春の花々は、私にとても優しかった。だけど、私も行かなくちゃいけないんだ。池の中から『怖いことなんてないんだよ。簡単だよ。すぐに慣れるから』というメッセージが聞こえる気がした。そびえ立つ強くて白い校舎を仰ぐ。でも、もう大丈夫だと思った。私も朱い尾ヒレをお尻にくっつける。始まりの合図がする。

あとがき

私は女の子が好きです。

と言っても、それは街を歩いている子や登下校途中の子などの、見知らぬ女の子たちに限りです。彼女らをそっと観察しては、

「あの子はきっと、こんなことを考えたり、悩んだり、笑ったりして生活しているんだろうな。フフフ」

と想像するのが趣味なんです。

ちょっと怖い気もしますが、そんな想像を物語にしたのが、今回の本です。完璧な出来とは言い難いかもしれませんが、一冊の本として見知らぬ方々に読んでいただけることは、とても嬉しいです。

また、本を出版するにあたり、涙の協力をしてくれた勝一くん、私に物語を書く原動力をくれた大切な両親。それから、お忙しい中、いろいろアドバイスをくださった本山俊幸先生、本当にありがとうございました。

最後に、この本を手にしてくださった皆さんに、どうかしあわせパウダーが降り注がれることを祈りつつ、感謝の言葉といたします。

平成十五年三月

岩村　裕美

著者プロフィール
岩村 裕美（いわむら ひろみ）
昭和53年生まれ
平成10年、尚絅女学院短期大学保育科卒業
宮城県名取市在住

金魚の泡《あぶく》 岩村裕美短編集

2003年5月15日 初版第1刷発行

著 者 岩村 裕美
発行者 瓜谷 綱延
発行所 株式会社文芸社
〒160-0022 東京都新宿区新宿1－10－1
電話 03-5369-3060（編集）
03-5369-2299（販売）
振替 00190-8-728265

印刷所 株式会社平河工業社

ISBN4-8355-5659-3 C0093